رواية

عبد الرحمن

حب ضاع في القاهرة

Abd El Rahman

Love lost in Cairo

د. جُمان الريحاني

إهداء..

إهداء إلى كل من عثر عن الحب

إهداء إلى كل من ضاع منه الحب وعثر عليه مرة أخرى

إهداء إلى عبد الرحمن

جمان الريحاني

رفيق جيد على الطائرة

ناروس هي فتاه شاعره تسافر من مكان إلى مكان وهذه أول مرة تسافر فيها إلى مصر.

سافرت ناروس إلى القاهرة لأول مره في رحله للكتابة.

فالتقت بامرأة تعمل تاجره شنطة، (أي أنها تحمل السلع التي تتاجر بها في حقيبة سفرها)، تعرفت عليها في الطائرة وعندما أخبرتها بأنها أول مره تسافر إلى حيث هما.

متوجهتان نصحتها تلك السيدة خديجة أن يتشاركا سيارة الأجرة من المطار إلى وسط البلد.

وبالفعل عندما وصلت الطائرة إلى مطار القاهرة الدولي بعد رحلة آمنة تشاركتا سيارة الأجرة إلى وسط البلد.

في طريقهما وبعد أن شعرت السيدة خديجة بأن ناروس لا وجهة محددة لها نصحتها أيضا بالإقامة في نفس الفندق الذي تقيم هي فيه.

نفس الفندق الذي كانت تقيم فيه السيدة خديجة كل مره تصل إلى القاهرة من أجل تجارتها وقد كانت تتردد كثيرا على مصر لأن عملها يشترط عليها التنقل وهي تعمل لوحدها تقريبا.

لقد سرت ناروس بالنصائح التي تلقتها من السيدة خديجة التي كانت تكبرها سنا ولها خبرة جيدة في السفر والتجارة والحياة عموما.

كانت تلك سيد قد تعودت على القاهرة وعلى أجوائها وناسها، لم تكن تزورها من أجل السياحة أو الترفيه بل من أجل العمل وفقط العمل، فكانت تركز كل تفكيرها على تجارتها وتقضي ما تقضيه من أيام على قدم وساق حتى يحين موعد رحلة عودتها.

بضاعتها التي كانت تتاجر بها هي بضاعة متنوعة، فهي كانت تشتري العسل عسل نحل موجه للاستخدام الطبي أو العلاج الطبيعي، وتأخذ معها أيضا وبعض مستحضرات التجميل، وكريمات للبشرة.

وأيضا المناشف القطنية، وبعض الأغراض المصنوعة من القطن في مصر، فمصر معروفة بقطنها وبالمنتجات القطنية.

بالإضافة إلى بعض الأشياء الأخرى، وتأخذها في عده حقائب، تكون قد أحضرتها معها.

وإذا تجاوزت الوزن المسموح به على الطائرة فإنها
تدفع ثمن الوزن الإضافي لأنها تعلم قيمه السلع التي
ستعود عليها بمبلغ مادي جيد.

بوادر عشق القاهرة

اقتنعت ناروس بأنها لم تكن لديها فكره جيده عن الفنادق في القاهرة إلا بعض المعلومات التي أخذتها من الانترنت فقررت أن تقيم حيث تقيم السيدة الطيبة السيدة خديجة.

نزلت ناروس في الفندق الذي كان في وسط المدينة وهو فندق جيد، نظيفا فأخذته غرفه مشتركه مع السيدة خديجة

لم يكن الموظفون في الفندق كلهم جيدون بل كان هناك أحد الموظفين الذي بدت على وجهه ملامح غريبة.

لم تشعر ناروس براحلة تجاه ذلك الشخص لكنها لم تعره اهتماما، أما بالنسبة لباقي الموظفين فقد كانوا ودودين.

والأكثر لباقة كان مدير الفندق الذي كان صديقا جيدا للسيدة خديجة التي تقيم في فندقه منذ سنوات طويلة ولا تستغني عن فندقه في كل رحلاتها إلى القاهرة.

كما أنها كانت ذكية ونبيهة وقد كانت تعلم بأن ذلك الموظف الذي لم يرق ناروس هو شاب سيء ولكنها كانت تسايره ولكنه لا يتجرأ على الإساءة إليها وإلا تعرض للطرد من طرف مديره.

وفي المساء استدعت تلك السيدة خديجة رجلا، السيد حسين الذي كان يوصل إليها السلع إلى الفندق، والذي احضر معه ما احضر، لقد كانت تطلب منه تجهيز تلك البضائع هاتفيا.

بعد ذلك خرجت السيدة خديجة لتتجول بالقرب من الفندق، مع ناروس كما أنها ذهبت أيضا إلى السوق

وأحضرت بعد بعض السلع الأخرى، لقد كانت كل تحركاتها تتضمن بعض الأعمال ولا تكاد تتحرك دون أن يكون هناك شيء من التجارة.

أعجبت ناروس بتلك المشاوير والنزهات التي تنزهتها بينما السيدة خديجة تقوم ببعض الأعمال، وكانت مبهورة من تلك السيدة وكيف أنها تجيد التعامل مع المدينة والناس.

لقد قضت أوقاتا ممتعة بينما السيدة خديجة تقوم ببعض الاتفاقيات وبعض الأعمال، وتتسوق أما هي فكانت تنظر هنا وهناك وتتعرف على المدينة والمناطق التي تجولتا فيها.

لقد كانت السيدة خديجة تعلم جيدا ما هي السلع التي هي في حاجة إليها كما تعلم ما هل الكميات التي يجب أن تحصل عليها.

وبما أنه لديها المحلات التي تتعامل مع أصحابها
وأيضا كانت تعرف جيدا كيف تستغل كل دقيقة من
وقتها في القاهرة.

لقد كانت أيضا تجري بعض الاتصالات مع العملاء
وبعض الأشخاص الذين تتعامل معهم بشكل دائم لكي
يجهزوا لها السلع فلا تضطر لقضاء وقتها هناك في
التجهيز.

بل تجد بضاعتها جاهزة فتدفع الثمن وتأخذ بضاعتها
في الفور ولكنها عندما تصل إلى الفندق تقوم ببعض
المراقبة لتلك السلعة وتستبدل أي شيء لا يعجبها
ويقوم أيضا بتعدادها لكي تتأكد من بضاعتها.

لقد كانت سيدة منضبطة في عملها وتحب أن تسير كل
الأمور وفقا لما تريد وان يكون كل شيء على ما يرام.

لم تكن تحب التلاعب ولا الغش وكانت تسير على
الطريق المستقيم إلا في بعض المخالفات التي كانت
ترى بأنها لا تضر أحدا.

ولكنها كانت تتحول إلى سيدة صارمة جدا ولا ترحم
عندنا يتعلق الأمر بعملها وأيضا اذا تعلق الأمر بغشها
فهي لا ترحمه أبدا.

في اليوم الموالي ولأن إقامة السيدة خديجة لم تكن إلا
ثلاثة أيام فكان هذا اليوم حافلا بمختلف النشاطات،
وبعد تناول طعام الإفطار قام صاحب الفندق بتغيير
الغرفة لهما وأعطاهما غرفه لشخصين بدل غرفه
السرير المزدوج.

كان للسيدة خديجة بعض القوانين فلم تكن تفضل
الخروج خلال النهار، بل كانت تقضى كل ساعات
النهار في الفندق وفي غرفتها، تجري بعض
الاتصالات، وتستقبل أيضا السيد حسين الذي تستدعيها
لكي يحضر لها ما قد يكون جهزه أو ربما قامت بطلبه

منه في ذلك اليوم، لم تكن تخرج نهارا لأنها تخاف من شمس القاهرة.

لقد كانت تقول بأن الحر قاتل نهارا ولا يمكنها الخروج ولا التركيز مع أعمالها فالحرارة تشتت انتباهها، لأنها لا تخرج إلا مساء من بعد الأصيل.

في المساء، وبعد العصر، بعد الساعة الرابعة مساء، خرجت السيدة خديجة لكي تعرف ناروس على المدينة والشوارع القريبة والسوق.

وتنزهتا وابتاعت السيدة خديجة بعض الأغراض التي تحتاجها والتي لم تكن كثيرة، لقد كانت فقط بعض المشتريات الخاصة لها وهدايا لابنتها وبعض الإكسسوارات، فقد كانت تحب الإكسسوارات كثيرا.

ابتاعت حلقا وبروشا جميلا، وعقد ثمين وجميل، وقد رأت ساعة أعجبت بها لكنها لم تشترها لأنها رأت بأن ثمنها باهضا قليلا ولا تريد أن تنفق بإسراف فهي لم

تحضر معها مالا كثيرا لترفيه نفسها بل ما كانت
تحمله من أموال هو مال التجارة.

مقهى الأمريكيين

وبعد مدة من التنزه والتسوق شعرت السيدة خديجة ببعض الجوع، ولكنها كانت بحاجه لفنجان قهوة، لكي تعيد التركيز والتوازن إلى عقلها وتفكيرها، لذا قررت أن تدخل هي وناروس خلال طريق عودتهما إلى المقهى الأمريكي بشارع الشريف في وسط القاهرة.

لقد كانت لديها بعض الأماكن المميزة التي تتردد عليها مثل مقهى الأمريكيين والمطعم السوري والسوق الذي

فيه محل صغير يمكنها أن تصرف الدولارات هناك فيكون الصرف جيدا أكثر من الصرافات.

دخلتا إلى المقهى وجلستها إلى أول طاوله من جهة اليسار والتي تطل على الشارع، طلبتها قهوة تركية وحلوى، وراحتا تتبادلان أطراف الحديث، لقد كانت للسيدة خديجة حس فكاهي.

كانت تتكلمان وتتعرفان على بعضهما أكثر والسيد خديجة تثري الجلسة بكلامها عن القاهرة ومعلوماتها عنها، ومن عاداتها إن كانت تدخن.

وعندما أخذت السيجارة في يدها تذكرت أنها نسيت الولاعة، فالتفتت إلى الطاولة التي خلفها وطلبت من الرجال الجالسين وراءها ولاعة.

كان على الطاولة الأخرى هناك ثلاث رجال رجل فرنسي كبير السن وبشوش الوجه، وهو من أعطاها ولاعته يبدو أن يدخن أيضا، فتجاذبت معه أطراف

الحديث فقد كان من ليون حيث كان تعيش هي لعده
سنوات.

وراحت السيدة خديجة تسأله بعض الأسئلة عن ليون
كما أنها أخبرته بالأماكن التي عاشت فيها بالإضافة
إلى ليون التي تقع جنوب شرق فرنسا، بين مارسيليا
وباريس وهي ثالث اكبر مدينة في فرنسا من حيث
تعداد السكان.

ليون أنها مدينة جميلة حيث يتلقي نهر الرون بنهر
السون، المدينة التي تلمع فيها الأضواء في عيد
الأضواء للعذراء مريم عليها السلام.

"Féte des lumiéres"

إنها ليون المدينة اللامعة، المدينة المضاءة أو
المضيئة، المدينة المشعة، لقد كانت من أجمل المدين
التي عاشت فيها السيدة خديجة وهي تحمل منها الكثير
من الذكريات الجميلة في قلبها.

كان مع الرجل على طاولته رجلان رجل متقدم في السن والآخر شاب في مقتبل العمر وكلاهما كانا من أصول افريقية.

لم يكن لها حوار مع الرجلين الآخرين، ولكن كان من الجميل استعادة بعض الذكريات مع ذلك الرجل اللبق والمحترم.

لقد شعرت السيدة خديجة بسعادة بإجراء ذلك الحوار الذي لم يدم طويلا.

وبعد ذلك أعادت للرجل ولاعته، والتفت لكي تكمل كلامها مع رفيقتها على الطاولة، وبعد الانتهاء من شرب القوة وتناول الحلوى قررتا الخروج والعودة إلى الفندق.

وبعد قليل قامت السيدة خديجة لكي تسدد الفاتورة ولم تنتظر أن يأتي إليهما النادل إلى طاولتهما، لأنها لم تكن تريد أن تضيع المزيد من الوقت فهي تحب أن تنام باكرا ولا تريد أن تقضي المزيد من الوقت خارجا، لذا

كان يجب أن تسدد الفاتورة لكي تتوجها إلى الفندق الذي لم يكن بعيدا كثيرا عن ذلك المقهى، سددت الفاتورة لأنها هي من قامت بدعوة ناروس على القهوة.

قدر ونصيب

بعد أن إبتعدت السيدة خديجة عن الطاولة طلب الشاب الذي كان على الطاولة الأخرى من ناروس وبعد أن كلمها قليلا رقم هاتفها فلم تمانع.

يبدو انه كان محرجا من السيدة خديجة وهو لا يعرف صلة القرابة بينها وبين الفتاة التي كانت تجلس معها "ناروس"

من الواضح أنه قد أعجب بالفتاة وقد كان يرمقها بنظرات ولكنها لم تنتبه لانشغالها بالكلام مع السيدة خديجة وقد كانت كل الأحداث التي تحدث معها غريبة

وجديدة مثل نزهتها مع السيدة خديجة ورؤيتها كيف هي تقوم بأعمالها ومعاملاتها التجارية.

ولكنها للأسف لم تكن تحفظ رقم هاتفها، فعرضت عليه أن تعطيه الرقم المصري الذي اشترته عند وصولها إلى القاهرة، لأنه كان مكتوبا على ملصقات ألصقتها على هاتفها واللوح الذكي وأيضا على مذكرتها البنية الجلدية التي تحملها معها دائما.

ولكن الشاب أشار عليها أن تعطيه رقمها الخاص، رقم بلديها لأنه يعلم بأنها مجرد سائحة ولن تبقى في القاهرة إلى الأبد، وهكذا سوف يفقد ذلك الرقم اذا لم يتصل عليها سريعا نظرا لكثرة انشغالاته وأعماله في العاصمة.

وقد لاحظت ذلك من طريقة جلوسه وثيابه فقد كان يرتدي سروال بدلة أسود اللون وقميصا عليه رسم مربعات باللون الأبيض والأزرق، ويضع على الطاولة عدة كتب ومذكرات وأيضا على أحد الكراسي محفظة (شنطة) التي يستعملها رجال الأعمال.

وكذلك كان شكل الرجلين الآخرين السيد الفرنسي كان
يرتدي بدلة رسمية رمادية وقميص بدون ربطة عنق
والآخر كان يرتدي بدلة مع القميص وربطة العنق
ولكنه يضع الجاكيت على الكرسي كما أن قميصه هو
مقلما.

عندما أخذت الفتاه حقيبتها وأخرجت هاتفها وسجلت له رقمها، حاولت أن تكتبه بشكل صحيح أي أن تكتب له رقم الدولة، الرقم الخارجي والرقم الداخلي الخاص بها.

كان يجب عليها رغم التوتر الذي تشعر به، أن تكتب رقمها الذي لا تحفظه، ومفتاح البلد وهذا ما جعلها ترتكب ارتباكا كثيرا وتخطئ في كتابه الرقم.

خاصة وأنها كانت تشعر بالإحراج من الرجلين الآخرين ومن أن الشاب "عبد الرحمن" الذي طلب منها الرقم، ولم يقم من مكانه بل كانت هي واقفة وتكتب له الرقم في هاتفه، وقد كانت محرجه كثيرا ومتوترة.

وفي تلك اللحظات الصعبة والمتوترة عادت السيدة خديجة وزاد الطين بلة، لقد توترت ناروس كثيرا وأعطت الهاتف إلى الشاب الذي قال لها:

أنا اسمي عبد الرحمن

ولكنه لم يخبرها بكنيته

فقالت له:

وأنا اسمي ناروس

ولكنه للأسف لم يعطيها رقم هاتفه في تلك اللحظة أرادت السيدة خديجة المغادرة وكانت قد سددت الفاتورة وهذا ما جعل ناروس تشعر بإحراج اكبر فلم تستطع أن تطلب منه رقم هاتفه.

لم يعطيها الرقم من تلقاء نفسه خرجت بعد ذلك من المقهى الأمريكي وهي ترتجف من الحياء والخوف ومشاعره كثيرة مختلطة تخالجها وهي لا تكاد تفهم شيئا ولا تعلم ما الذي أصابها فعلا.

وعندما قطعت الطريق هي والسيدة خديجة دار حوار
بينهما

فقالت السيدة خديجة:

ما بلك؟ تبدين متوترة

ناروس:

لا اعلم ما أصابني

السيدة خديجة:

هل أحرجك ذلك الشاب؟

هل شعرت بالإحراج؟

ناروس:

ليس من الشاب فقط بل أيضا من أولئك الرجال الذين كانوا برفقته

السيدة خديجة:

هل تريدين رأيي بصراحة؟

ناروس:

طبعا

السيدة خديجة:

أولئك الرجال لم يكونوا لبقين

لم ينالوا إعجابي

ناروس:

ولما؟

السيدة خديجة:

أولا

لماذا تحين الفرصة وعندما غادرت الطاولة فاتحك بأمر رقم الهاتف

ثانيا

لماذا كان يكلمك وهو جالس؟

لم يكن لبقا أبدا

أهكذا يكلم الرجال السيدات؟

ناروس:

أنا حقا لا اعلم.

وكانت ناروس تفكر في بالها بأنه ربما شعر بالإحراج منها وهذا ما جعله يطلب رقم هاتفها عندما غادرت السيدة التي كانت تجلس معها.

ربما لم يكن يريد أن يحرجها أو يسبب لهما الإزعاج...

ولكن السيدة خديجة كان قد مر في حياتها رجال كثيرون لذا هي تمتلك خبرة في الناس.

ولكن ناروس قد أكملت كلامها وقالت ما كان يجول بخاطرها وقالت:

أظن أنني أخطأت له في كتابة الرقم

السيدة خديجة:

وكيف عساك تخطئين في رقمك؟

ناروس:

لقد كنت اشعر بالإحراج

السيدة خديجة:

وهل هذا سبب لكي ينسى أحدهم رقم هاتفه؟

ناروس:

أنا أصلا لا أحفظ الرقم

لذا ..

أظن أنني أخطأت

السيدة خديجة:

إنه هو السبب

شاب لا يعرف حسن السلوك

ناروس:

لا اعرف

أظن ذلك وفقط

السيدة خديجة:

فلننتظر ولنرى

إذا اتصل فأنت لم تخطئي الرقم

ناروس:

سوف نرى

في تلك اللحظة عرفت ناروس بأنه ربما لن يتصل أبدا لأن شعورها بأنها أخطأت في كتابة رقم الهاتف كان كبيرا وصادقا.

وفي الحقيقة يبدو أن ناروس ومن شدة التوتر قامت
بإضافة رقم في الوسط بين مفتاح الدولة ورقم هاتفها.

عندما رأت السيدة خديجة مدى توتر الفتاة وقلقها قالت
لها وهي تمازحها وتتكلم وهي تضحك:

لو تصرف مثل الرجال النبلاء لقام من مكانه وتصرف
كما يجب وأعطاك بطاقته.

ولكن ما عساي أقول؟

قامت بعد ذلك السيدة خديجة بشراء طعام العشاء وتوجهتا إلى الفندق وقد كان الوقت ليلا لكن الشوارع عامرة بالناس لأنها القاهرة الساهرة المدينة التي لا تنام.

لم تكن بلادهما هكذا بل كانت هادئة في الليل ولا توجد حياة ليلا مثل القاهرة التي كانت تبدو كلها مستيقظة، والأنوار مضاءة والحياة نابضة في كل الشوارع.

لقد كان المنظر جميلا والناس يستمتعون بوقتهم، والأجواء جيدة.

لم يكن الجو حارا في الليل بل لطيف.

لقد كانتا تتجولان على الأرجل لأنهما غير بعيدتين من الفندق الذي تقيمان فيه، فهم تقيمان في فندق في وسط البلد في القاهرة.

حيث توجد المحلات والمقاهي والفنادق والكثير من الأمر، إلا أن السيدة خديجة كانت تستقل سيارة أجرة لكي تحضر البضائع فالمحلات التي تتعامل معهم لم

تكن في وسط البلد بل تحتاج إلى وسيلة نقل لكي تصل إليهم.

ولكنها كانت تعرف كل المحلات في وسط البلد تقريبا وتتعامل مع الكثير منها، محلات ثياب ومحلات لبيع الإكسسوار وأيضا المقاهي والمطاعم.

لقد كانت لها معرفة كبيرة بالبلاد وبالناس أيضا فهناك الكثيرون الذين كانوا يلقون عليها التحية وهي تمشي في شوارع المدينة، وآخرون هي التي تلقي عليهم التحية.

ولكن في ذلك السفر بالذات أخبرتها السيدة خديجة بأنه منذ فترة هي لم تأت إلى القاهرة لظروف صحية كانت قد مرت بها فمنعتها من السفر.

لقد كانت السيدة خديجة متلهفة لهذه الرحلة لكي تعوض ما فاتها من أعمال، ومن رحلات.

لذا كانت تطمح لأن تقوم بأخذ أكبر قدر من السلع هذه المرة ولا يهم أن دفعت ثمن الحقائب أن كان حجمها

أثقل من الوزن المسموح، فهي بحاجة أن تعوض بعض الرحلات التي تخلفت عنها، بسبب مرضها.

خلال تلك الليلة وبعد أن خلدت السيدة خديجة للنوم،
راحت ناروس تفكر كثيرا فيما حدث معها، لقد كانت
تشعر كثيرا بأنها ربما أخطأت في كتابة الرقم.

كانت ناروس تشعر بالسوء كثيرا، ولم تستطع النوم
وكانت عيناها على هاتفها، كما أنها كانت تفكر وتقول
في نفسها:

لماذا شعرت أنا بكل ذلك الإحراج؟

لقد كانت يداي ترتجفان

لماذا لم يعطني عبد الرحمان رقم هاتفه؟

لما حدث كل ذلك؟

وكل ذلك الارتباك؟

لقد لاحظت بأنه هو أيضا كان مرتبكا.

هو لم يسألني حتى عن فندقي، ولا أنا اعرف فندقه

لو أعطيته الرقم المصري كان أسهل بالنسبة لي ولكن لما أصر هو على الرقم الآخر..

والأسوأ من ذلك هو لم يعطني رقمه.

لقد قضت ناروس ليلتها وهي تؤنب بنفسها على ما فاتها وعلى ما فعلت وما لم تفعل.

ولكن في الأول والأخير كل شيء هو من فعل القدر، وان شئتم أم لم تشاءوا فما هو مكتوب في الغيب هو ما سيحدث وما هو غير مكتوب لن تروه بالعين.

لقد كانت ناروس أيضا تؤمن بالقدر وفي آخر المطاف استسلمت لما كان مقدرا ورضيت بما لم يكن مقدرا أيضا فالإنسان لا يعلم أين الخير فيما يحصل عله أو ربما فيما قد حرم منه.

البقاء وحيدة في القاهرة

في صباح اليوم الموالي غادرت السيدة خديجة، وبقيت نظيره لوحدها، وقد شعرت بالوحدة فور مغادرة رفيقتها التي لم تكن تعلم بأنها سوف تشعر بالألفة معها ولا أن تنزعج لفراقها إلى هذه الدرجة.

يبدو أنها قد تعودت عليها فرغم أن السيدة خديجة كانت خشنة بعض الشيء إلا أن رفقتها كان جيدة جدا.

لقد شعرت بالوحدة في مدينة كهذه المدينة، التي لا تعرف عنها شيئا، شعرات بالوحدة ولم ترغب بالتنزه ولا السياحة.

ولكن الحقيقة ليست لأن السيدة خديجة قد سافرت ففي البداية ناروس جاءت إلى القاهرة لوحدها ولم تكن تعتمد لا على السيدة خديجة ولا على غيرها بل أن السبب الحقيقي لشعورها ذلك كان ما حدث معها ليلة البارحة.

الأمر يخص عبد الرحمن الذي يبدو أنها قد أعجبت به وربما تعلقت به، لقد كانت دائمة التفكير فيما فعلته مع عبد الرحمن ذلك الشاب الذي لفت نظرها كما انه وعندما أعطته هاتفه علق على الرقم وقال لها:

هذا كله رقم؟

يبدو انه شعر أو لاحظ بأن الرقم خاطئ.

42

أما هي فكانت تعتقد بأن الرقم طويل لأنها قامت بإضافة رقم الدولة وهذا أمر عادي ولكنها ربما لم تتخلص من السفر الذي يأتي في بداية الرقم العادي.

أخذت نديره مذكرتها التي كانت تحملها معها وبدأت تكتب ما شعرت به تجاه عبد الرحمن وما حدث لهما.

وكيف أخطأت في كتابه الرقم وقد كانت هناك مشاعر كثيرة.

ولم تخرج من الفندق طوال اليوم، لا بل لم تغادر غرفتها، فقد شعرت بأنها تريد أن تكون لوحدها.

في المساء خرجت وأخذتها رجلاها إلى نفس المقهى حيث كانت قد جلست لساعة هناك وهي تتأمل كاس القهوة التركية.

مرت ساعة وكأنها وقت طويل، وقلبها يخفق مع كل حركة لباب المقهى.

مر الوقت ولا اثر لعبد الرحمن.

لقد كانت تظن بأنه ربما يأتي إلى المقهى ثانية، أو ربما يكون هذا المكان الذي يحب قضاء الوقت فيه، أو أعمال أو خلاف ذلك، كانت تتأمل والآمال كثيرة ومن حق كل شخص.

وقد كانت جالسة تفكر في أنها لم تأخذ رقمه ولا مكان إقامته وهو لم يعد إلى نفس المقهى، وما زاد من يقينها بأنها أخطأت في الرقم هو عدم اتصاله.

في اليوم الموالي يستنتج عبد الرحمن ان الرقم خاطئ وعرف بأنه حظه العاثر حاول مع رقم كثيرا ولكن بدون جدوى

لم يكن رقم الهاتف صالحا ولا يوجد عليه واتساب كما كانت قد أخبرته بأن لديها واتساب.

ولكن الأسف لم يكن يعلم عنها إلا اسمها، ولا يعلم عنها أية معلومات أخرى، وقد أعجب بها كثيرا، بل يمكن القول بأنها أحبها منذ أول نظرة.

لقد كان سعيدا جدا عندما تكلمت معه بتلك الطريقة،
وعندما لم تقم بصده، كما انه كان يرى بأنها مناسبة له
كثيرا فقد فكر كثيرا قبل أن يكلمها.

وبينما كان الرجلان الذن يجلسان معه يتكلمان في
أعمال مهمة كان هو يراقب الفتاة وينظر إليها ويفكر
كثيرا وفي أمور كثيرة ولكنه كان خائف قليلا بأن لا
تسنح له الفرصة لكي لا يكلمها أو حتى من أن ترفض
وتصده.

ولكن للأسف.

عندما عادت ناروس إلى الفندق لم يكن لها نفس للأكل
ولا للشرب، لم تكن تريد أن تفعل أي شيء.

توجهت إلى الشرفة وجلست هناك كثيرا تتأمل القاهرة
وشوارعها الساهرة، تنظر هنا وهناك، يمينا وشمالا.

وفجأة خيل لها وكأنها رأت شابا وسيما يشبه عبد
الرحمن، انه شاب اسمر يلبس قميصا ابيض اللون،
كان يشبه عبد الرحمن كثيرا ولكن فقط من بعيد.

كان الوقت متأخرا ولم تكن لتخرج من الفندق لوحدها، خاصة وإنها ليست من تلك المدينة بل هي سائحة فقط ولم تكن لتجلب أية مشاكل لنفسها، فلم يسبق لها وإن ذهبت وعادت في مثل ذلك الوقت من الليل.

ولكن قلبها كاد يقفز من الشرفة، وبعد أن غاب الشاب عن الأنظار، عادت إلى غرفتها، والنوم لا يريد أن يستقر في عيونها.

فأخذت دفترها وراح تكتب شعرا حتى طلع الضوء، فغفيت دون أن تدري، أو تشعر، ولم تستيقظ حتى الساعة الخامسة عصرا.

لم تستيقظ حتى طرق باب غرفتها موظف في الفندق،
جاء لكي يطمئن عليها، لأنها لم تخرج طوال اليوم،
كما أنها لم تتناول طعام الإفطار

أخذت ناروس حماما، وبعد ذلك خرجت لكي تتناول
بعض الطعام، وتمشت في شوارع القاهرة القريبة من
فندقها.

عادت بعد ذلك إلى الفندق لكي تنام فتستيقظ باكرا لأنه
غدا موعد الطائرة للعودة إلى بلادها، وهكذا تكون قد

انتهت رحلتها إلى القاهرة المدينة المليئة بالغموض والسحر في نفس الوقت.

ولكن ناروس وبسبب ما حدث معها لم تأخذ جولة سياحية مثلما يجب.

بل كأنها كانت في زيارة لمكان ما لعدة أيام فالفنادق كلها متشابهة في كل مكان في العالم.

وكذلك بعض الأماكن تشبه بعضهما مثل المطاعم ومثل الشوارع وأيضا البيوت ولكن مع بعض الاختلاف البسيط.

عندما تتعامل مع الأشخاص وتجد بأن اللغة قد تغيرت أو اللهجات سوف تشعر بالفرق.

وعندما تزور المناطق السياحية فانك سوف تشعر بالفرق.

وعندما تزور الأماكن الثقافية والتقليدية والمطاعم الشعبية سوف تشعر بالفرق في تلك الحالات.

أما بالنسبة لباقي الأمور مثل المطاعم الراقية أو محلات الأكل السريع أو أيضا الفنادق والشوارع حين تكون خالية فإنها نفسها في كل مكان، مع الاختلاف البسيط مثلما ذكرت سابقا.

قبل أن ترجع ناروس إلى الفندق قررت أن تزور ذلك المقهى لآخر مرة، فمرت أمام مقهى الأمريكيين وتوقفت هناك قليلا ولكنها لم ترى شيئا، ولكن فقط من الخارج فهي لم تدخل إلى المقهى، اذ لم تشعر بالرغبة في فعل ذلك.

خاصة وأنها عندما كانت تقف في الرصيف المقابل للمقهى توقفت حافة أمامها وحجبت عنها الرؤية وهذا ما جعلها تشعر ببعض الانزعاج فغادرت.

كان عبد الرحمن داخل المقهى لعله يجدها أو يراها،
لقد جاء يبحث عنها بدون أمل كبير ولكن يبق الأمل
أملا ولو كان صغيرا، وكان على نفس الطاولة التي
بجانب الواجهة التي تطل على الشارع وكان بالإمكان
أن يرى ناروس على الطرف الآخر من الشارع، ولكن
تلك حافلة مرت بينهما.

حيث كانت هي على ناصية الشارع مقابل المقهى
عندما توقفت الحافلة طويلا حتى شعرت هي ببعض
التوتر والقلق.

لم يعجبها ما فعلته الحافلة، وكأن الحافلة قد قصدت
فعل ذلك، لقد كانت تعاكسها فواصل الطريقة وأكملت
مسيرها وعادت.

بينما كان عبد الرحمن جالسا يتأمل الطاولات وفنجان
القهوة الذي لم يرتشف منه قطرة واحدة.

لقد كان هو الآخر يجلس طويلا هناك بقلق وهو يشعر
بأنه لا أمل من جلوسه هناك.

كان ينظر هنا وهناك، ويتأمل الناس القليلون في المقهى، وأيضا ينظر من النافذة، لقد رأى تلك الحافلة أيضا، تلك الحافة التي كانت واقفة لوقت طويل ولم يلاحظ بأن ناروس أنت تقف وراءها.

رحلة العودة

في صباح اليوم الموالي غادرت ناروس التي لم تنم طوال ليلة البارحة باتجاه المطار

غادرت الفندق باكرا وانتظرت في المطار لمدة ساعتين إلى ثلاث ساعات حتى حان موعد انطلاق طائرتها.

و عادت إلى بلادها، لقد عادت بعد رحلة قد أتعبتها قليلا، عادت وهي تحمل معها الكثير من الذكريات والكثير من الآمال والأمنيات.

وأمنيات تركتها على ارض القاهرة وأمنيات حملتها في قلبها وأمنيات نفختها على متن الطائرة التي إعادتها إلى بلادها.

لأول مرة لم تشعر ناروس بأنها حقا قد عادت إلى بلادها بل ولسبب ما شعرت وكأنها قد تركت بلادها.

لقد شعرت بأن لها ارتباطا قويا بالقاهرة وكان القاهرة قد أصبحت بلادها وأصبحت في قلبها، في قلبها جزء منه أو قطعة منه.

لم تكن ناروس تعلم بأنها سوف تشعر بهذه المشاعر أبدا.

كيف قد تمكنت منها القاهرة وحجزت مكانا في قلبها رغم أنها لم تزر الكثير من المناطق فيها ولا الكثير من المواقع الأثرية والتي لطالما كانت تأسر قلوب السياح، ولكن ربما السبب وراء أن وقعت ناروس في حب القاهرة هو عبد الرحمن.

أما بالنسبة لعبد الرحمن فقد كان في القاهرة منذ أكثر من عشرة أيام قبل لقائه بناروس وقد غادرت القاهرة هو أيضا وفي نفس اليوم الذي سافرت فيه هي، ولكن بعد ساعتين من مغادرتها.

عاد كل منهما وفي قلبه حسره على فراق الطرف الآخر.

قدر وقدر

وبعد مرور ستة أشهر بالكامل قامت نديره بنشر أول ديوان شعر لها وكان بعنوان:

"عبد الرحمن حب فقد في القاهرة"

كانت كل القصائد في الديوان عن عبد الرحمن ذاته الذي إلتقته ناروس في القاهرة وقد أحبته ولكنها فقدته.

كان الديوان مليئا بالمشاعر الصادقة.

مشاعر حب وإعجاب

مشاعر خوف وتوتر

مشاعر انتظار وترقب

مشاعر ألم وحزن وفراق

مشاعر سفر وحسرة

مشاعر أن هناك شيء ينقصك

مشاعر انك تركت جزء من قلبك وراءك

حيث أنك صعدت على متن الطائرة وتركت جزء منك وراءك على تلك الأرض.

مشاعر بالانتماء إلى ذلك الجزء البسيط الصغير الذي فقد منك.

مشاعر بالتجذر في ذلك المكان الذي فقدت فيه شيئا ما

مشاعر كثيرة ومختلفة ومتنوعة.

مشاعر بالأمل

مشاعر بالفقد والألم

مشاعر بأن القدر أقوى

وما جاء كان بفضل القدر

وما ذهب كان بفعل القدر

فالحياة قدر وقدر

قدر يأتيك وقدر تذهب أنت إليه

والحب هو قدر

والحب مليء بالمفاجئات

الحب قد يأتي في أوقات لا نتوقعها

الحب قد يأتي في أوقات نعلم بأنه لن يأتي فيها

الحب مفاجئ

في أغلب الأوقات الحب يأتي بغتة

وعندما يأتي الحب نحن لا نتوقعه

ولا نتوقع مجيئه

ولا نتوقع أن نقع فيه

الحب يحب المفاجأة

وعندما نحظى بالحب فهذا يعني بأننا أشخاص محظوظين.

وهذا يعني أيضا بأن الحب قد وجد بأن قلوبا تصلح لأن تكون عشا له.

قلوبنا نقية.

فالحب لا يعيش في القلوب النقية.

الحب هو بذرة طاهرة والبذور الطاهرة تنمو في الأراضي الطاهرة ولا تناسبها الأراضي الخبيثة أو المستنقعات.

الحب هكذا يختار الأرض التي يغرس فيها ولا يمكننا الجزم بأننا نمتلك تلك الأراضي في داخلنا إلى أن يأتي الحب لكي يؤكد ذلك أو ينفيه.

في تلك الحالة نستطيع أن نعرف بأنه لديها قلوب نقية.

وقدر عجيب

كانت ناروس قد نشرت كتابها وقامت بتوزيعه وأرسلت بعض النسخ للبيع وأيضا هدايا لبعض الأشخاص الذين تعرفت عليهم في القاهرة في مناسبات مختلفة.

ومن الصدفة العجيبة أن عبد الرحمن قد جاء إلى القاهرة مرة أخرى وذلك من أجل العمل.

ولكن عودته للقاهرة كانت بعد مرور سنه وعشرة أشهر من لقائه بناروس، لقد كانت رحلة عمل أخرى ولكنها حملت معها بعض الذكريات السعيدة والحزينة.

لقد تذكر ناروس وقصته معها في القاهرة، تذكر تلك الفتاة التي لم تفارق خياله للحظة، بل تذكر كل تفاصيل ذلك اللقاء السابق الذي كان يراه بأم عينيه وكأنه يجري أمامه الآن وحالا.

كان عبد الرحمن يستعيد ذكرياته وهو يتمشى على الرصيف بالقرب من مقهى الأمريكيين، وبينما هو بين حنايا الذكريات رأى شيئا على الرصيف جذبه.

لقد كان هناك رجل يبيع الكتب على الرصيف، وقد رأى عبد الرحمن الكثير من الكتب ولكن ما جذبه كان كتابا بعنوان:

"عبد الرحمن حب فُقد في القاهرة"

لم يكن عبد الرحمن يجيد اللغة العربية كثيرا ولكن عنوان الكتاب كان باللغة الانجليزية أما المحتوى فقد كان باللغتين الانجليزية والعربية.

كما أنه لم يكن يقرأ الا الكتب السياسية والكتب الاقتصادية وأيضا ربما قرأ في حياته بعض الروايات ولكن بالطبع ليس باللغة العربية.

اقترب عبد الرحمن من الكتب المرصوصة على طاولة وعلى الأرض أيضا وطلب من الرجل أن يعطيه ذلك الكتاب بالذات الذي أشار له عليه.

لقد عثر على الكتاب بالصدفة، فأخذه بين يديه وقد جذبه العنوان وجذبه اسم الشاعرة أيضا، لقد الذي ذكره بحب فقده هو الآخر في القاهرة.

لقد اشترى الكتاب الذي جذبه من عنوانه وهو لا يعلم ما الذي بداخله، من الجميل أن ناروس قد اختارت ذلك العنوان لديوانها فقد وجده عبد الرحمن بفضل العنوان،

ولولا العنوان لربما لم يجده ولم يقم بشراء هاو يصل
إليه.

ولكنه القدر يلعب لعبته مرة أخرى ويأخذ عبد الرحمن
في ذلك الطريق ويمر بجانب ذلك الرصيف لكي يجذبه
ذلك الكتاب فيقوم بشرائه على الفور.

لقد اشتراه بفعل القدر تقريبا واشتراه بفعل الفضول
أيضا وأيضا لأنه شعر بشيء ما في داخله ولم يكن
يستطيع أن يقوم بتفسيره.

اخذ عبد الرحمن الكتاب وقلبه يخفق من شدة الفرح أو المفاجأة أو الخوف أو .. أو .. فهو لم يكن يعلم ما الذي كان يشعر به فعلا..

عاد إلى فندقه ودخل غرفته سريعا، وأغلق الباب على نفسه، أخذ الكتاب وقرأ ما فيه.

لقد كان متفاجئ بما جاء في الكتاب وعرف بأنه هو عبد الرحمن وأن ناروس هي نفسها الفتاة التي التقى بها قبل سنة وعشرة أشهر.

عرف بأنها هي من كتبت ذلك الكتاب.

عرف بأنها تكن له الكثير من المشاعر.

عرف الكثير من بين الصفحات والأسطر.

ولكنه شعر بالقلق، فالكتاب قد صدر قبل سنة وشهرين وهذه مدة طويلة.

لقد كان عبد الرحمن يجول في غرفته وهو يحمل
الكتاب في يده ويفكر ويتساءل:

إنها هي

هل هذه هي بالفعل؟

نعم إنها هي

وذلك أنا

إنها تقصدني

إنها تحبني

وأنا أيضا أحبها

ولكن

هل هلي تلك بالفعل؟

هل هي من كتبت ذلك الكتاب؟

إنه اسمها واسمي وكل التفاصيل التي تخصنا.

نعم إنها هي.

وعبد الرحمن هو أنا.

أنا متأكد.

يجب أن أتأكد.

كان يجلس يقف يمشي ويرجع أدراجه وهكذا.

لقد كان قمة في التوتر.

ثم يتجه إلى الشرفة وينظر منها ويأخذ نفسا عميقا
ويتنشق هواء القاهرة الساحرة.

القاهرة التي سحرته بجمالها وحنانها فقد أعادت له حب حياته بعد أن فقده فيها.

لقد كان يشعر على هذا النحو والسعادة تغمره والكتاب لا يفارق يده.

لقد كان يحمله لكي لا يضيع منه، وكأنه لو وضعه على الطاولة ربما لن يجده، أو أن كان مجرد حلم سوف يستيقظ بدون الكتاب أن وضعه من يده.

لقد كان ممسكا بالكتاب ومتمسكا به.

راودته أفكار كثيرة وتخوفات كثيرة وكان يشعر بالقلق والكثير من الحيرة.

لم يستطيع أن يتصل بالشاعرة التي اسمها على الكتاب، خوفا من أن تكون ليست نفس الفتاة التي تعرف عليها ذات مرة.

لقد كان الخوف من المجهول.

وأيضا خوفا من أن تكون قد تزوجت، ماذا لو كانت هي نفس الفتاة ولكنها تزوجت؟

لا يعقل أن تتزوج غيري وهي تكن لي كل ذلك الحب في القصائد الشعرية.

ولكن كيف لها أن تنتظرني وهي لا تعلم أننا ربما قد نلتقي ذات يوم.

ربما تزوجت بعد ان قامت بنشر الديوان؟

وربما انتظرتني كثيرا ثم تزوجت.

وربما تزوجت قبل يوم أو يومين.

وربما هي مخطوبة الآن.

ثم راح يطرد كل الأفكار السلبية التي كانت تراوده وأراد أن يتفاءل خيرا أفضل له.

وبعد أن أخذ نفسا عميقا استلقى على السرير وشعر بحال أفضل لقد غمرته السعادة من جديد وهو يحتضن الكتاب ولا يصدق بأنه بين يديه.

بين يديه خيط قد يوصله إلى الفتاة التي أحبها يوما.

بين يديه كنز ثمين على قلبه.

بيد يديه جزء من حبيبته.

بين يده صلة وصل بين قلبها وقلبه.

بين يده حب صادق.

بين يديه مشاعر نقية وحية.

وفي الأخير استجمع كل قواه وقرر أن يتصل بالشاعرة، فقام بالبحث كثيرا عن الشاعرة التي لم تكن معروفة كثيرا بل كان ذلك هو أول ديوان لها.

وبعد بحث طويل عن صاحبة الكتاب المنشور في القاهرة، عثر عليها واهتدى إلى طريقها.

لقد كانت حبيبته نفسها، وبعد أن وجد كل المعلومات التي يبحث عنها وجد عنوانها فتوجه إلى شقتها على الفور، فمن حسن الحظ أنها كانت تعيش في القاهرة لأنها ارتبطت بها ارتباطا عاطفيا لأن حبها كان قد ولد

هناك ولأن قلبها قد نبض بالحب ولم تشعر بالحياة إلا في القاهرة.

عثرت على الحب

الكنز المفقود

لم يصدق عبد الرحمن بأنه وجد حبيبته، تلك الفتاة التي خطفت قلبه في يوم غير موعود.

والأكثر من ذلك انه وجد بأنها هنا قربه في القاهرة، لو كان وجد مكانها ولو كانت تبعد عنه آلاف الأميال ولو كان بينهما بحار وقارات لسافر إليها مسرعا فما بالك وهما في نفس المدينة.

لقد أصبح يشعر بها قريبة منه في نفس المدينة التي شهدت حبهما.

المدينة التي شهدت ولادة حب حقيقي، حب قدره القدر، حب اجتمع طرفاه رغم كل شيء.

حب وجد ولم تستطع الأيام أن تمحوه.

كيف قد تمحو الأيام حبا نقش في القلوب.

لم يكن نزوة ولا رغبة عابرة ولا لفحة هواء الشتاء ولا نزلة برد، لقد كان حبا.

حبا حقيقيا.

قرر عبد الرحمن أن يزور ناروس في شقتها في الغد لأن الوقت كان قد تأخر ولا يجوز أن يقرع بابها ليلا.

ولكن التوقيت لم يمنعه من الاتصال بها هاتفيا، أصل وقال:

الو مرحبا

ناروس:

الو من معي؟

عبد الرحمن:

آنستي هل أنت الآنسة ناروس؟

ناروس:

نعم

من أنت؟

عبد الرحمن:

أنا اسمي عبد .. عبدو

ناروس:

وماذا تريد سيدي؟

عبد الرحمن:

هل لديك بعض الوقت أريد أن اطرح عليك بعض
الأسئلة عن ديوانك؟

ناروس:

نعم لا مشكلة

لكن هل أنت صحفي؟

عبد الرحمن:

لا آنستي

ناروس:

هل أنت تعمل في دار نشر؟

عبد الرحمن:

لا آنستي

ناروس:

هل ...

قاطع عبد الرحمن كلامها وقال:

عذرا آنستي ولكن أنا أريد أن ألتقي بك لكي أناقش الأمر معك.

ناروس:

حسنا ولكن الوقت متأخر وأنا بالعادة لا اخرج ليلا.

عبد الرحمن:

لا عليك، معي عنوان بيتك.

ناروس:

عفوا..

أنا لا أستقبل رجلا ليلا

عبد الرحمن:

لا

أنا لم أقصد الليلة.

يمكنني القدوم إليك غدا.

ناروس:

أفضل أن نلتقي بمكان عام.

عبد الرحمن:

ما رأيك بمقهى يقع وسط البلد؟

ناروس:

مقهى؟

عبد الرحمن:

نعم فلنلتقي الساعة العاشرة صباحا
في مقهى الأمريكيين في وسط البلد

ناروس:

ولكن...

عبد الرحمن:

آسف لإزعاجك آنستي.

موعدا غدا إذن.

تصبحين على خير.

وأغلق الهاتف سريعا لكي لا ترفض.

لقد كان يعلم بأنها لن تتأخر على الموعد وخاصة لأن الأمر يتصل بكتابها فمن عادة الكتاب أن يحافظوا على سمعتهم التي يكتسبونها بين الصحفيين ووسط القراء.

كما انه شعر بأنها لا ترفض الفكرة فاللقاء كان في إطار عمل وأيضا لأنها شاعرة عرف بأنها لن تكسر بخاطر شخص ينتظرها ربما الأمر مهم.

فالشعراء حساسون ولا يؤذون الآخر حتى وان قام هو بإيذاءهم.

كما أن الفكرة التي كونها عن ناروس في السابق تقضي بأنها تحترم الآخر بغض النظر عن هويته.

لم تذق ناروس طعم النوم تلك الليلة، وقد عاودها الحنين وعادت إليها كل ذكريات عبد الرحمن دون أن تعرف لماذا؟

فهي لم تتعرف على صوته ولم تعرف بأن الرجل الذي كلمها هو عبد الرحمن نفسه.

بل الأمر الذي جعلها في حيرة هو المقهى، مقهى الأمريكيين الذي أعاد إليها الحنين وأعاد إليها كل الذكريات بالأمل والألم والحزن والأسى.

لقد تذكرت قصتها مع عبد الرحمن وهي لازلت تشعر بالذنب لأنها أخطأت في كتابة رقم هاتفها.

بالرغم من أن ناروس أصبحت تسكن في القاهرة إلا أنها لا تتردد على ذلك المقهى، ففي البداية زارته مرة او مرتين ولكنها لم تتحمل كم الحزن الذي كان يخيم على قلبها ويكتم أنفاسها في ذلك المكان وهي تستعيد كل تلك اللحظات وتشعر بالألم لما حدث معها.

فقررت أن لا تتردد على مقهى الأمريكيين أكثر من ذلك، لذا فقد كانت لتفكر مرتين قبل أن توافق على الذهاب إلى هناك ولكن ما كان لها من عذر لكي تقوله لذلك الرجل.

قضت ليلتها وهي تفكر في عبد الرحمن.

كانت تفكر فيما اذا كان هو يفكر فيها أو انه قد نسيها.

كما أنها كانت للحظات تفكر وتفكر في احتمال ضئيل لم يكن يراودها كثيرا وكانت تقول:

هل يوجد احتمال أن عبد الرحمن لم يشأ أن يتصل بها؟

ثم تتردد وتقول:

لا لا يعقل ذلك

إن كان الأمر كذلك لما كان ليطلب مني رقم هاتفي

لا يعقل ذلك

ثم تقول وبكل ثقة وحزن:

أنا اعرف إنها غلطتي أنا.

ولا يمكن أن ألوم أي أحد غيري.

للأسف أنا من أخطأت في كتابة الرقم.

للأسف..

وتنهدت تنهيدة قوية.. ووضعت رأسها على المخدة وقد بدأت الشمس تطل من نافذتها فقد كان وقت الشروق.

لم تنتبه ناروس التي غفت على ذراعها وعندما آلمها ذراعها استفاقت وعندما نظرت إلى الساعة كانت التاسعة وخمسة وثلاثون دقيقة.

قامت من مكانها وهي مسرعة وتشعر بالسوء لأن الوقت لم يكن ليكفيها لكي تستحم وتلبس وتتناول إفطارها وتتوجه إلى موعدها، كل ذلك فقط في خمسة وعشرون دقيقة.

لقد كانت تشعر بالسوء لأنها لم تكن تريد أن تتأخر على الرجل في أول موعد لها معه، ذلك كان معيبا لصورتها الإعلامية والأدبية.

أما بالنسبة للشاب عبد الرحمن، الذي لم يكن يتوقع انه سوف يعود إلى القاهرة وأن يجد حبيبته، فهو لم يصدق متى طلع النهار وهو لم ينم كثيرا بل كان يستيقظ كل ساعة أو ساعتين حتى ران نور الصباح.

سارع بالخروج من البيت وتوجه إلى مقهى الأمريكيين صباحا فكان هو الوحيد في المكانَ الذي كان شبه خال.

انتظر وانتظر وانتظر ولم يمل هذه المرة من الانتظار

حتى راوده الشك.

هل يعقل أن تتخلف عن الموعد وهي لم تعده بالمجيء بل هو من فرض عليها المكان والزمان وأغلق سماعة الهاتف بالأمس ولكنه قرر أن يصبر وينتظر وان فقد الأمل في مجيئها كان قد عزم على التوجه إليها في شقتها فهو يعرف مكان إقامتها.

ولأن عبد الرحمن قد جاء قبل الوقت وهي تأخرت قليلا فقد كان يشعر بأنها تأخرت كثيرا وأيضا من شدة لهفته لأن يراها وقد أحضر معه الكتاب الذي اشتراه.

ولكي يجعل الوقت يمر سريعا ولكي يحظى بشيء يجعله يصبر حاول أن يشغل نفسه بقراءة الكتاب فكان يقلب الصفحات وكأنه يحفظ كلما في الكتاب وينظر إلى الساعة بين صفحة وصفحة.

اضطر عبد الرحمن أن يدخل إلى الحمام للحظات وترك على الطاولة كتابه وفنجان القهوة وبعض الكتب التي كان يحملها معه وحقيبته حقيبة العمل.

في تلك اللحظات دخلت ناروس التي استحمت وارتدت ثيابها وسارعت بالقدوم إلى موعدها دون أن تتناول طعام الإفطار.

عندما دخلت مع الباب كان قلبها يخفق بشدة وهي لا تعلم لما، لقد راودتها نفس الأفكار التي كانت تراودها سابقا وانتابتها مشاعر كثيرة.

دخلت ناروس إلى المقهى الذي لم تزره منذ مدة طويلة، وعندما دخلت نظرت هنا وهناك

نظرت يمينا وشمالا وكأنها كانت تبحث عن أحد ما.

لم تكن في الحقيقة تبحث عن الرجل الذي هي على موعد معه بل بدت وكأنها تبحث عن عبد الرحمن الذي هي في بحث مستمر عنه في نفس المقهى وعلى مر الزمان.

وبعد برهة تقدم منها النادل وطلب منها أن تختار الطاولة التي تحب لكي تجلس.

النادل:

مرحبا آنستي

أين تريدين الجلوس؟

الفتاة:

مرحبا

أنا أريد تلك الطاولة التي قرب النافذة

النادل:

هيا آنستي سوف أرشدك إلى طاولة جيدة.

الفتاة:

حسنا

أنا أريد هذه الطاولة لو سمحت.

النادل:

للأسف آنستي يوجد شخص قد حجز هذه الطاولة مسبقا.

الفتاة:

ولكني لا أرى أحدا هنا.

النادل:

الشخص الذي كان يجلس هنا هو في الحمام وسوف يعود بعد قليل.

الفتاة:

أنا كنت آمل أن اجلس هنا.

أنا في انتظار شخص ما وقد يأتي بعد قليل.

النادل:

آسف آنستي.

الفتاة:

حسنا اذن لا بأس.

ولكن للأسف الطاولة التي هي تحبها كانت مشغولة اذ فوقها بعض الكتب وفنجان من قهوة ولكن لا أحد يجلس عليها.

فأشار عليها بطاولة قرب تلك التي تحبها.

لقد اختار لها الطاولة التي بجانبها وهي تشبهها إلا أنها ليست نفس الطاولة.

هذا كان الاختلاف الوحيد بين الطاولتين.

جلست بعيدا قليلا، جلست إلى تلك الطاولة التي أشار عليها بها النادل، ثم وبعد أن طلبت فنجان قهوة تركية رأت شيئا على تلك الطاولة جذب انتباهها.

فقامت من مكانها وتوجهت إلى الطاولة ونظرت بإمعان دون أن تلمس أغراض صاحبها.

رغم أن التصرف لم يكن لطيفا إلا أن الفضول قد حتم عليها التصرف بتلك الطريقة.

لقد رأت كتابها على الطاولة مفتوح ومقلوب على الطاولة والغلاف من الجهة العلوية.

وبينما هي واقفة تحاول أن تفهم ما يجري فقد كانت تفكر في انه ربما الرجل الذي في الحمام والذي كان يجلس إلى هذه الطاولة هو نفسه الرجل الذي لديها موعد معه.

وإذا بها تسمع صوتا يناديها من خلفها ويقول:

ناروس

ناروس هل هذه أنت؟

وعندما إلتفتت وجدت ما لم تكن تتوقعه.

لقد كان عبد الرحمن.

عبد الرحمن نفسه.

نفس العينين، نفس الوجه، نفس الابتسامة الجذابة،

إنه هو.

لم تشعر ناروس بشيء من حولها وإذا بها تسقط بين يديه.

لقد أغمي عليها، من هول المفاجأة والصدمة فهي لم
تتوقع أن ترى ما رأت، كما أن قلبها كان يضرب
بشدة.

بعد أن أفاقت ناروس ساعدها عبد الرحمن على الجلوس وطلب من النادل عصيرا، وراح يقص عليها ما حدث معه.

لقد كانت متفاجئة ومذهولة.

قصت عليه هي أيضا كلما ما حدث معها منذ آخر مرة رأته فيها وقالت له ما حدث معها من مغامرات فكان

متأكدا هو بأنها قد أخطأت في الرقم ولكنه لم يكن يلومها وقال لها بأن هذا بفعل القدر فلا تزعجي ننفسك وها قد التقينا مجددا.

ثم أخذ الكتاب بين يديه وكلمها عن ما فيه وكيف كتبته وقامت بنشره وبفضل ذلك الكتاب هو وجدها.

لقد شعرت بالإحراج واحمر وجهها خجلا.

خرجا بعد ذلك من المقهى وتمشيا ولم يشعرا بمرور الوقت.

معا إلى الأبد

لم يترك عبد الرحمن يد حبيبته وهو قد قرر أن لا يتركها أبدا، وقد تقدم لخطبتها وتزوجها على الفور بدون تحضيرات ولا مدعوين.

بل توجها مباشرة إلى مأذون وعقدا قرانهما وأصبحا زوجا وزوجة.

وأصبحا معا إلى الأبد.

وعاشا في سعادة وحب.

لقد تم العثور على الحب مره أخرى في القاهرة.

فالحب لم يضع في القاهرة فقط بل ضاع تم إيجاده

Sommaire

www.ingramcontent.com/pod-product-compliance
Lightning Source LLC
Chambersburg PA
CBHW051234160726
47994CB00002B/880